［俳句とエッセー］

日毎の春

太田正己

創風社出版

俳句とエッセー　日毎の春

目次

第四章　私の十句　俳句とエッセー

第一章　始歩

只今の心

私が短詩（俳句と短歌）をつくり始めたのは、一九七〇年代中頃。大学生の時期で、短歌から始め、その後数首、数句とわずかな詩作の年もあった。

俳句も短歌ももっぱら新聞の俳壇や歌壇への投稿である。下宿していたところが購読していた新聞、それが毎日新聞だったという理由で、毎日歌壇（全国版）へ短歌をだしていた。ある時期、その歌壇に掲載された作品は、次のようなものである。

どれも生方たつゑ先生選である。

どの顔も黒々と日焼けるなかに白き顔あり登校日来て
コスモスの花を千切りて占える少年の日は遠くすぎたり
夕暮れの匂いあちこち漂へる家並みぬけて家路急げる
我と出会いしその頃は悲しみの詩を書きをりし君なりしかな

リボンせしままに眠れる幼児の泣きあとあるは悲しかりけり
この辺り萱刈り場ありしといふ父にしたがひてをり陽のいるころを

このような短詩に書き表す職場や家庭での生活の中で、「一日暮し」ということを心がけようになっていった。それは、「その日暮し」ではない。

「如何程の苦しみにても、一日と思えば堪へ易し、楽しみも亦、一日と思えばふけることもあるまじ。…一大事と申すは今日只今の心也。それをおろそかにして翌日あることなし。」

一日暮しについてこう言ったのは、白隠禅師の師である正受老人である。

これは、只今の心を大事にすることである。

よちよち歩きから始まり、よろよろ、ようようと短詩創作の歩みは、この「俳句とエッセー」に至るまで現在も継続している。

このころの全国版に載った俳句は、飯田龍太先生選の次の句である。

汝の傍に西行の日の蕾かな

そして、新聞俳壇への投稿を続ける中で出会ったのが、選者である坪内稔典先生である。

始歩

議論果てし身をつつみけり五月闇

夏たんぽぽ吾子一才の始歩なりし

夏山を従えて夜を点す家

夏を集め水は脛打ちつつひかる

秋立てり敗れし球児一礼す

炎天下球児敗土を持ち帰る

汗拭う投手の眼鋭けれ

炎天下三振の子の悪びれずに

昔も今も萩はぽつりとこぼれけり

子をふたり送り来て妻布団干す

吾子一才目深にかぶる冬帽子

あべこべのくつよちよちと春立てり

母の手の荒れたるままに雪の日々

梅林につづく畑を打つており

吾子二才片言の春立ちにけり

入学の子の皿に並ぶ目刺かな

妻の誕生日に

汝の傍に西行の日の蕾かな

ばさばさと花冷えの花散りにけり

すずめの子鹿の子ひとの子朧めく

吾子の吹く草笛誰に教わりし

あらわなる白い二の腕梅雨に入る

父の日の無精髭など描かるる

サーカスの少女白靴もちて消ゆ

サーカスを見る汗ばみし子を膝に

ふらここの姉妹おさなを真ん中に
飛び降りし姉のふらここ陽のなかに

てをつなぐうしろふらここゆれやまず

ぶらんこの影揺れている薄暑かな

水灼けて地灼けて獣のこころかな

人生の岐路なり年を惜しみけり

手を伸べし少女の像へ春の雪

黄落の最高学府裸婦の像

引っ越しの荷をときおえり春の月

人影を溢れんばかり岩清水

樟若葉駅の自転車抱え込む

ひとことをえらびつつあゆむ土手青む

しかと抱く白雪姫の干し布団

入学の頭ぺこりと下げ通る

父の日の園児のしぐさ父に似る

わが生家絶えざるものに立葵

蛍狩り帰りは父の背に眠り

抱き上げる汗疹のなかの笑顔かな

借り物の夫婦となりし運動会

目礼に目礼返す今朝の冬

こほろぎの声かほろほろ酔いまわる

八方へ当たりさわらず浮寝鳥

教室にて

子らの帰りてよりの日の永さかな

大学研究室から

寄り添える影に浮ききて初夏の鯉

第二章　大うねり

拾う神

「俺は神なんか信じてないよ」という日本人は、私のまわりにもたくさんいる。一方で、お正月や子どもの七五三の祝いの時に神社や寺へお参りに行く日本人は多い。そんな日本人の様子を見た外国人は、神のもとへおまいりするのは日本人が最も多い、テレビ出演していた外国人がいっていた。これらのことが統計的根拠を持っているか、わたしはわからない。

　捨てる神あれば拾う神あり

こんな神さまを信じてみたい時がきっとある。誰しも自分の力ではどうしようもない時、こんなことわざを思うときが、人生で幾度かあるだろう。

拾う神かな誰そ彼の秋の声

いや、神さまでなく、そんな存在感のある人がパートナーであればどうだろうか。

妻の声階下にあるや秋の暮

夫にとっては妻が、妻にとっては夫が奥の院にどかりとその位置を占めている。

捨てる神あれば助ける神あり

こんな言い方もある。

パートナーには人間同士「拾う」ではなく、相互に「助ける」ことをしてほしい。

煩うな明日は明日吹く風の風に任せて今日の誠実

「拾う神」の句と並べて、私は、このとき自作の一首を取り上げる。

捨てる神に捨てられ、捨て鉢になっては駄目である。やはり、誠実な生き方には、助ける神さまがどこかで見ていてくれると信じたい。

大うねり

連凧のやつこ加えて大うねり

ままならぬ風もたのしやいかのぼり

蟷螂の身構えおりぬ竜馬の碑

夕焚火天に残照ありにけり

固まりし地よりゆっくり淑気かな

生意気を言いて冬帽横かぶり

入りてすぐ京の寒さを見舞いけり

路地ぬけてまた路地に入る寒雀

波風のあって堂堂いかのぼり

日の春や間をおいて打つ古時計

積み上げに危うさのあり春の書架

おおかたは風に任せて赤蜻蛉

天高し母のにぎりの塩加減

木の実降るここより坂の始まりぬ

冬日向吾に一つの文机

風邪に寝てとなり嬉しき子らの声

次女三女長女長男雑煮膳

あぐねたるころころころがる冬日向

膝折つて梅のひと枝くぐりけり

曲折の末の一輪梅の宿

さだめとはいえど春ゆく父もまた

父おくる惜春の雨のさなかに

朝焼けに父の背中の祈りかな

母さんの端居をすれば子らもまた

ほろほろと酔いて北山霜夜かな

夕暮れて豆腐屋来たり寒の入り

高層のビルをおおらかか春の雪

ほか弁のほの字大きや春の風

腰高に夏草を刈る老教授

身の丈に余るバットや寒稽古

一九九九・六・十三
長男学童野球大会初四番初満塁本塁打
右中間空梅雨の砂けむりかな

先生と呼ばれて座る春の宵

あがるほど糸ゆるぎなきいかのぼり

なぞかけのようなひとこと寒椿

ためらう字ありて筆おく春の月

春の寺廊下かすかにきしみおり

鯉うごくとも動かぬとも春の寺

ひなの夜の明けて小雨となりにけり

ふるさとは花合歓くぐる峠道

ひげ山の月の校庭踊りの輪

ぐっと背負う黄金の色の稲穂かな

晩学の庭に散り初む百日紅

忘れるも生きる術なり草紅葉

わが誕生日

酒五勺三寒四温四十八

ぶらぶらと加賀のまんまる月を行く

父七回忌

雨しとど見ればまだまだ若葉かな

臨海学習

子らの背を押しては返す夏の潮

昔の同僚集まる

たそがれを寄せては返す夏の汐

秋の夜やシャワー浴びて私も寝ます
暮れかけて君が祈りのうす衣

裸木の風に構わず天を向く

したたかや浮寝鳥という生き方

講釈しては焼き芋を裏返す

ほろ酔に眠るうれしさ冬の月

年の酒五勺にほろりただほろり

夏空の極みへ八方登りゆく

妻待つに寝酒まわりてきたりけり

にぎわいの後の桜となりにけり

老いを鳴く鶯われを目覚めさせ

寝顔みて初日の障子開けにけり

み吉野のその初夢のよかりけり

初春や花大輪となりにけり

手鏡の激しき雪を振り返り

旅の車窓の山ありて花ありて

眠れない私ふくろう山頭火

もつぱらに攻めて輝く夏の汐

荒息に初日のぼりてきたりけり

文机の妻の手折りしひいなかな

白髪の混じる春にて博士かな

矢車へほどよき風となりにけり

船酔い

大学時代には
こんな時間を過ごしていたのだろうか
目隠しの指の隙間を花菜風

ドラマの主人公の気分で
ひやかしがいて　さらに賑やかである
ひやかしのにぎわい添える年の市

ほのかではない
うるさく鳴き叫ぶ
猫たちの恋バトル

どらとらのらみけや猫の恋バトル

おととしではない
一昨日である

柱の傷はおとといの猫の恋

子どもを連れて菓子屋の店先に立った
わずかな風に揺れる「若葉」と
落ち着いた店構えの「老舗」

柿若葉老舗菓子屋の茅庇

力を合わせ　神輿を担ぐ
「若」と「老」
ぷっぱと汗が噴き出す

老若《ろうにゃく》のはっぴはちまき汗ぷっぱ

四十歳代にもなると
受験勉強で出来たペンだこはもうない
ワープロで文字を打ち始めたとき
ペンだこという語が死んだ

ペン胼胝の滅びて久し秋の風

桃はさわったところから傷んでくる
まして初桃慎重に

初桃や恐る恐るにたなごころ

四十歳代バリバリと仕事をした
自分の本が書店に平積みされていた
これほど嬉しいことはない

店頭にわが書平積み菊日和

床屋の客にも様々ある
私には考え事をするのに
よい時間と空間

居眠りだんまりしゃべり梅雨の床屋

この暑さで聞いたように思ったり
うわのそらでみていたり大変だ

そらごらん空見空耳残暑かな

山に住む親戚から
荷物と一緒に
風も届いたと妻の声

涼風も届きましたよ今朝の便

静けさばかりでなく
にぎやかさもいる

初泣きや里にしばしのにぎやかさ

孫を抱きあげ月の話をする
この子は私の話で
月にうさぎがいると信じてくれたのだ

孫の目に月のうさぎの跳ねて飛ぶ

五十歳代
あまりかわりばえしない生活に
すこし季節のものが入り　笑みが加わると新鮮だ

走り茶や一汁一菜笑みひとつ

「住めば都」とは
「住み慣れればどんなに貧しく不便な環境であっても
それなりに住みよく思われる」ことである
かの広辞苑にはそうある
寒椿のひっそりと咲くように暮らしている

寒椿住めば都の四十年

六十歳代
頑張りがきかなくなってくる
孫の寒稽古にも付き合えない

寒稽古くいしばる歯ももはや抜け

日常そう平安ばかりではない
苦になることがあれば
遊びの句作でも悩んでしまう

句にならぬこと苦にする梅雨じめり

何をがまんしているのか
がまんしているのは、笑うこと。
笑いをこらえているのである。

がまんする口元もれる福笑い

鞍馬寺だ
何か起りそうな予感

立ち所に飛花三千鞍馬寺

ほどよいとろみ
それは春の宵

ポタージュのとろみほどよき春の宵

噛んで含めるように話しかける
古酒もまわってきた

古酒や噛んで含める温泉医

草の根のホタルの恋のほのあかり

蛍の光は求愛信号
明かりをともしながら飛ぶ雄
その光に草むらの雌が応える

喰って笑って忘れて照れて三ヶ日

めでたいことである
「照れるは恥ずかしくて顔が赤くほてる」意
いくつになっても照れることは大事である

第三章　山のあなた

空蝉

こころ根に緑雨ほどよきひと日かな

おおかたは道それ点す火垂るかな

じゅうやくの純白ひらく斜光かな

音頭取り橋の向うの二男坊

飛行機雲の消えてなお蟻の道

空豆よ吾も空見て育ちけり

相席のやがて名を知る冬日和

旅先のほどよき縁の日向ぼこ

合鍵のひょんな成り行き神の留守

だまし絵の掛かる書斎や冬日影

底冷えやサイレン鳴らす村役場

銀幕の駆け寄る息の白さかな

空蝉や世話女房の夏休み

日向ぼこ独り善がりの独りかな

心根の根っこに水やる二月かな

木の芽和え和顔愛語にありあわせ

泣きべそのお乳こらえる春隣

鳳仙花はじけ飛ぶ空うわの空

野遊びやこどもごころを摘み歩く

追い風に花の散り際乱れけり

春雨や煮しめしっとり昭和モガ

花の宿胸に留め置く雨一句

言い訳に都合よき雨花の宿

窓際の昭和の桜しだれけり

蜻蛉掉さす地球自転公転

竹の秋一汁一菜湯気ほのか

花の寺花にではらうがらんどう

ドーナツの穴に春風空見かな

花の宿酒に舞うやら落ちるやら
浮遊する海月美し心悲し

短夜の流れさやかや砂時計

昼寝覚まさかわが名を勝ち名乗り

間のび鳴く鴉横切る雲の峰

落ち合うに駅舎とっぷり西日中

瓜食めば空似らし人来る夕べ

浮き沈み満ち欠けは常月今宵

空見では見えぬ流星そらごらん

丸窓の富士三角や鮓四角

いつまでもやさしい君で赤まんま

すさまじや知恵の輪を解くおさなの目

かくれんぼぐうちょきぱあっと蔦紅葉

心根をそっと押さえて懐手

嘘は無し小指にかかる息白し

とんとん拍子そのままに初便り

暮れてなお明けてまた酔う京の春

初泣やにわか狂言爺と婆

懸崖のほろほろほろり梅の宿

たゆまざる春耕寸考酒五勺

寄鍋や恋のいろはもふつふつと

水無月や河童の家族水入らず

金銀の香や木犀の禅の寺

にぎにぎの確かにつかめ春の風

山のあなた

莢が空に向いてつくから空豆。私は空《そら》も豆も好きだが、空《から》の莢はごわごわして扱いにくい。空豆の如く、私が見上げてきた空は、日本晴れの空だ。ただ、自分の真上の空よりも目線をもっと下げた山の端辺りの空が好きである。山の峰々の少し上辺りの空、カール・ブッセの「山のあなたの空」、あこがれの空を少年の目で見ていたのである。四方八方、山に囲まれた小さな村に生まれ育った少年は、ブッセの空を三遊亭圓歌の落語『授業中』の一節「山のあなあなあな」で知った。いいことがあるのは、あの山の上の空の下。いや山よりずっと向こうの空の下かと想像していた。テレビの影響だが、圓歌より影響力があったのはまこと『てなもんや三度笠』の主題歌の一節「雲と一緒にあの山超えて行けば街道は日本晴」である。私が空を見上げてきた場所はなあなあ村。この村、直木賞作家三浦しをんさんが描く神去村らしい。

私の城下町

豊臣秀吉の伏見城築城で太閤さんの城下町となった伏見。屋敷を構えた大名たちの名が今も町名に残る。この時開けた大津への道途中、茶店に働いたお亀さんの名も大亀谷の地名となっている。容顔麗しと名所図会にある。

伏見の城主花に酔い酒に酔い
花爛漫やされど殿永久の留守

蕪村の鷹

今回、「自著に触れて、与謝蕪村にかかわるエッセーを」と依頼を受けた。蕪村への関心の様を書く。そんなお誘いだと理解した。四年前、e船団「今週のねんてん」（二〇一二・八・七）で拙著『蕪村　育ての心』を紹介していただいた。その時の稔典さんの評に「この本は、蕪村の句の鑑賞と蕪村句を使った掌編小説を通して、蕪村に学び蕪村に遊んでいる。こういう蕪村の読み方があったのか、愉快な気分になる」とある。また、この本の帯では、「意表を突くその新鮮な見方によって、蕪村が急に身近になった」と新鮮な見方をアピールしていただいた。

蕪村に学び蕪村に遊ぶ、蕪村が身近になり愉快な気分にさせてくれるような句を発見したい。

最近、私の気になっている蕪村の句を挙げてみよう。それは、季語「鷹」の句である。

『基本季語五〇〇選』（山本健吉一九八九）には、鷹は「姿態清楚で威厳がある」と記されており、まず芭蕉の句

鷹一つ見付けてうれしいらご崎

が挙げられている。この鷹には悠然と大空を舞う、まさに鷹揚な構え、勇壮な強い鳥のイメージがある。

夢よりも現《うつつ》の鷹ぞ頼母《たのも》しき

芭蕉にとって鷹は頼もしい存在である。
しかし、さすがに芭蕉、目の付け所を変え、違った角度からも捉える試みをしている。

鷹の目もいまや暮《くれ》ぬと啼《なく》鶉《うずら》

季語は「鶉」。これは鷹狩のとき獲物にされる。強さの象徴である鷹の目もいまや日が暮れて見えない。うずらが安堵して鳴いている。鷹の強さを狙われる側から見ている。鷹の強さではあるが、日が暮れるとそれは十分には発揮されない。強さではない別の一面が捉えられている。

蕪村の鷹の句は、また一味違う視線から描かれる。『全集』第一巻発句(一九九二)の「季語別索引」では、鷹の句は三つある。

物云《う》ふて拳《こぶし》の鷹《たか》をなぐさめつ
翦鷹《それたか》も拳《こぶし》にもどれ狩《かり》場《ば》床《どこ》
鷹狩《たかがり》や畠も踏まぬ国の守《かみ》

いずれも明和五年十一月四日の句会での兼題「鷹」による句である。蕪村は、五十三歳、画業で出ていた讃岐から四月末ないしは五月初めに京に戻り、猛然と俳諧に打ち込むようになった年の句である。

これらの句の目の付け所がユニークである。鷹の勇猛さ、鷹揚さのような強さではなく、はやる鷹と語りかける鷹匠、逃げた鷹と戻れと探し回る鷹匠の関係を描いて、いわば鷹を人間のように捉えてその弱さに目を向けている。あるいは、そこを捉える人間の「弱さに対するやさしさ」を描いている。鷹狩で獲物を取ること、鷹狩を指揮することで自らの指揮官としての強さ、偉大さを見せつけようとする国守にあるのは本物の強さではない。鷹狩のようなときも百姓の丹精込めた畑に踏み入らぬように配慮できる国守こそ本当の強さ、やさしさを持っている。

『全集』に年次未詳とある句

きつね火と人や見るらん小夜しぐれ

この句には「夜もふかくさのほとりを過《すぎ》て」という前書がある。「ふかくさ」は、私が住んでいる「伏見区深草」のことである。それで、私の目は何気なくこの句にむかう。

この句に遊び、私は頭の中に次の場面を思い描いた。

酒の臭いをさせながら、よろめいた身体を立て直して、蕪村の顔を見た侍は、自分が見誤ったことに気づいたのか、春雨に濡れた道に土下座をして、
「狐火と見誤った。許されよ」
と許しを請うて、上目遣いに蕪村を見た

この場面、私は、「人」を「酒に酔った侍」として想定した。何故、この侍は、提灯を狐火に見間違えたのか。「酒に酔って斬りかかる」には何か特別な事情がある。問いも答えも、自問自答であるが、辿っていくと、「不義密通」に行き当たる。

さらに「きつね火」の一句が膨らみ、この場面が原稿用紙十六枚の掌編小説『藤の茶屋』としてできあがった。この句の季語は「小夜しぐれ」で冬であるが、小説に句は挙げず、季節を春とした。

「おぼつかない灯をこうして下げて歩いている自分を、遠くから眺める人は、きっと狐火と思うだろう。なんとすばらしいイメージではないか」（森本哲郎『月は東に』一九九二）。すばらしいイメージを掌編小説にして生誕三百年の蕪村の「目

の付け所」を追体験する楽しさがある。

いろは歌

新走りまずは野仏喉仏

子は大の母は子の字に昼寝かな

喉仏唸る夕焼け天に満つ

明け方の身震いに覚め春の雪

横丁に根張り枝張り花盛り

山腹を高みとまがう花の雲

静粛に梅雨の走りの長廊下

話好き梅雨の床屋の聞き上手

雨に消え雨のあとさき蛍かな

草の根の火垂るほのぼのほの字かな

一夜抱く枕汗だく駄句の山

好きなこと好きなだけ故郷の夏

床の間の石のいわれも夏座敷

身にかかる老いもお芋も胃に重い

さいかちの姿しらねど名を好む

渋柿や甘やかす術知らぬ父

背伸びせず背筋を伸ばす冬薔薇

歯の浮くも沁みるも氷菓口漱ぐ

初雀平気の平左あざなとす

梅が香や酔ひもせずとはいろは歌

亀鳴くや昨夜嘆くや万の年

晩節や春泥跳ねぬ足おくり

初買はやる子はしゃぐ子はぐれる子

純白の綱で四股踏む夢祝い

一連卓上やお供えの干柿

何秒法蓮草釜茹でにする

灯の入りて喉越しもよき花の宵

白魚の指に縁なき胼胝かいな

盛り付ける手つきは母の豆ごはん

雪解けて雪の句稿をポストまで

青嵐泣いて世に出る赤子かな

猫じゃらしじらせばじゃれる恋もがな

早起きや乱鶯ケキョケホーケキョケ

栗食うやあわやわが子の濡れ手にあ

早春や白馬いななく田舎かな

恋猫や破れかぶれの障子穴

ぼうっと私ヒューッと花火もやもや
ちょい悪の蜂の唸りや花の蔭
ほうたるのあかり消えれば水匂う

どんでんてんどん天変揚花火
花火の夜明けて遅めの粥の宿
大の字に身を開き観る大花火

芋洗う母の手つきの息子かな

球春や口は甘辛二刀流

丸刈りをなぜて育てて豆の飯

映画・ナチュラル

三〇年余り昔に観たベースボール・ファンタジー映画の一場面が記憶に残っている。ほとんど映画館で映画を観ない私が一人で観に行った唯一の映画だ。最後に主人公が逆転サヨナラ3ランホームランを打つところである。打球は、外野席上の照明灯を直撃し、照明から次々と火花が飛ぶ。打者は、三十五歳のメジャー新人選手。まさにナチュラル「天性の才能」が発揮された場面である。そんな場面の投手の経験はある。

球春や野球小僧の不老不死

日本の朝ごはん①（六月三日）

こんがり焼けた食パン一枚に苺ジャム少々、一〇〇％野菜ジュース一杯、新たまと新じゃがの入った味噌汁一杯、苺三粒。これがこの日の朝ごはん。新たま新じゃがそれに苺は、孫が幼稚園の屋上の畑で収穫し持ち帰ったもの。これらは、「新」がついていて「今が旬」だとわかる。苺も年中食べられるが、露地栽培ものなら旬である。今朝の三粒は、昨夜の孫のデザートの残り。平日は、八時過ぎ、幼稚園へ向かう孫を玄関で見送り、それから朝食。今朝は孫様様の食材である。

にわか雨恋の尻滅す蛍かな

日本の朝ごはん②（十二月十三日）

今は「すぐきの新漬け」の時期である。今朝も炊き立てのご飯にちょこんと載せると味わい深い酸味と香りが口の中に広がった。さつまいもを具にした味噌汁もある。さつまいもは一月ほど前に孫が幼稚園で掘ってきたもの。数日前、幼稚園から帰ってくるといきなり「芋、食べごろだよ」と甘みの増したことを告げた。幼稚園で聞いてきたのか、少し驚いた。朝食のしめはやはり白菜の漬物。買ってきた白菜を妻が漬けたもの。お手伝いにと、孫が玩具のような包丁で切った。ふぞろいの大きさがよい。

白菜のまるまる孫の手に余る

山が呼んでいる

母校の小中学校の前の髭山《ひげやま》。当時は名も知らなかった。この山は南北朝時代、北畠国司の狼煙場《のろしば》の一つだった。吉野等への連絡場所。火あげ山の名がひげ山になった。思わぬところに謂れがある。

紅葉散る髭山古称火あげ山
山眠る名の謂れ知る人もなく

第四章　わたしの十句

暁に起きて日毎の春を詠む

一口に春といってもおなじではない。毎日、暁に起きて自分の目で確かめてみることは楽しいことである。だが、それだけのために、まだまだ寒いなかを起きるのは容易ではない。

わたしが暁に親しみ始めたのは、五十年も昔、国立大学を目指していた受験生であった頃である。「朝型か、夜型か」友達との間で話題になったことを覚えている。そう言えば、「四当五落」という言葉もあった。受験生は、一日に五時間も寝ていては合格はおぼつかない。睡眠時間四時間であとはお勉強ということである。

もう一つ、暁という言葉で思い出されるのは、父が東の空に向かって両手を合わせて祈っている姿である。癌の再検査で入院する日の朝その姿を見たのが最後であった。四月一日、この日から父は検査入院であった。私にとって大事な日だからと、辞令式に出るように言って、母と二人、バスで病院へ出かけて行った。

春嶺や父より天地無用の荷

テレビの本格的な放送が始まったのは、昭和二十八年である。その年に生まれた私は、食を忘れたようにテレビにくぎ付けになっていた時期があった。そんなとき、よく父に叱られたことを思い出す。父の言った一言一言は覚えていないけれども、一方的に情報を受信する側でばかりいないで、大人になったとき情報発信する側になれということだったように思っている。

そのことは、小学生の記憶であるので、はっきりとしているわけではなく、のちに、母などの話にそう思うようになったようである。

父親から送られてくる荷物は巧みに梱包されており、まさに天地無用の荷づくりであった。この天地無用の荷は私への期待でもある。しかし、厳しく実行へ移したわけではなかった。この句は、一九九三年四月三日「よみうり俳壇」で秀逸に選ばれ、読売文芸月間賞四月優秀作にも選ばれた。選者は、同年二月選者になられた坪内稔典先生である。

雛の夜の明けて小雨となりにけり

慶長四年（一五九九）に賤ケ岳の戦いで活躍した七本槍の一人、脇坂安治が慶長四年（一五九九）建立した寺である。「平成十二年（二〇〇〇）三月四日、隣華院にて句会、雨」とメモがある。妙心寺燐華院での句会。その作品である。

稔典先生が何かの賞を受けられてのお祝いの会であった。

この句会の出席者は、当時、坪内先生や私が勤めていた大学の教職員である。学長、学部長、図書館長、保健センター長、教授一名、准教授一名、事務官一名。私の句は、稔典先生がとられたものであった。

小雨が降っていた。三月四日である。

「前夜の雛祭りのしっとりとした感じがよくでている」

稔典先生の選評は、このようであった。

成駒の一手そわそわ散る桜

私は、スポーツが好きである。室外だと野球、テニス、サッカーが特にやるのも見るのも楽しい。プレーすることは、若いときには好きだったと書き直しておこう。椅子や床に座ってやるゲーム等は好まない。

したがって、ルールは知っているが、将棋もやらない。成駒は、将棋で「王・金以外の駒が敵陣へ入り、また敵陣から動いて裏返しになり、飛車と角は元来の力のほかに金・銀の資格を併せ持ち、他の駒は全部金の力を得ること」という。

成駒を得て、縁台にどかりと腰を下ろしたこの指し手はいい一手を思いついたのである。縁台将棋は夕涼みがてら縁台で指す将棋のことを言うが、少々寒いが散っていく桜の下で指す将棋も楽しそうである。

私も成駒になってみたい時がある。

稲妻やはらりと返す踊りの手

故郷の盆踊りは、母校の小学校と中学校の共有の運動場でお盆の時期に行われていた。小学校と中学校は隣り合わせていた。校舎は別々に建てられていたが、運動場は共有していた。そこが、盆踊りの会場であった。

「はらりと返す」をおもいついたところが自分としては工夫した点である。はらりとは、「物事がうって変わるさま」「大勢の動作が素早く揃うさま」である。稲妻の怖さと大勢の踊り子が素早く揃った動きを見せる怖さと「はらりと返す」に表わせているだろうか。

村に子どもが少なくなって、小学校も中学校も廃校になって久しい。この小学校の校章は、一輪の桜の五弁の花びらの縁取りに真ん中に下之川の文字を、下の第一画を伸ばして円を描き、下の左脇に之を、右脇に川を配したものである。廃校になったのは、二〇〇〇年。

中学校の校章は、ペン先に翼をあしらっている。翼は自由を、ペンは文化を象徴したものだそうだ。やはり、一九七六年三月をもって統合により廃校となっている。

サクラサクから拓けし道の桜

誰しも、若いときはどんな道を歩むかで悩み、中年になってこのみちをこのまま歩んで行ってもよいのか迷う。退職するころは、そこまで歩いた道を振り返り、第二の人生の道を考える。

大学受験も選択場面である。入れるところを受ける。そんな受験もあろうが、医者になりたいから医学部へ進学する。教師を目指して教育学部を受験するという自分の道をはっきりと想い描いて受験する人は多い。

私の大学受験の頃には、合格電報があった。「サクラサク」が合格を知らせる一般的な電文。大学によっても違いがある。私が受験した大学は「イセエビトレタ」だった。志望した学部への合格電報を手にして私の歩む道が定まった。その道に四十数年。今年も満開といきたいものである。

失投の悔しき髪を洗いけり

「髪洗う」や「洗い髪」は、夏の季語であり、かつ、女性が髪を洗うことを前提にしている。一方、野球は男性がやるスポーツのイメージが強い。しかし、最近では男女を問わずやるようになってきた。女子プロ野球も行われるようになってきた。してみると、女子野球の投手が今日の負けられない試合で、失投したと解することができる。

実際は、私の句なので、失投したのはわたしである。

中学校では、クラブ活動に打ち込む生徒が多い。私は、野球部だった。私の中学校リリーフ投手には失投は許されない。その失投をしてしまった。私の中学校最後の郡大会、練習試合ではほとんど負けていた私たちのチームは、この大会で一回戦をエースの完投勝ち、二回戦をリリーフをあおいだが、勝ち抜いて、準決勝へと進んでいた。

私の記憶が点数を思い出すほど明確ではないが、リリーフをした私の失投で逆転され、雨のためにコールド試合になって負けたと記憶している。ランナーを二塁に背負い、マウンドにあがった私は、九番打者に肩口から入る緩いカーブを投げたのだった。

村人の動く気配や朝桜

山村に生まれた私は、十八歳になるまでそこで育った。その村では、時間感覚が独特であったように思われる。それは、村を出て他のところで暮らすようになって感じたことである。

昼間と夜の時間に別れていた。村の人は、腕時計をもって仕事に行っていない。朝は、薄明るくなれば、起きだして畑仕事に行く。暗くなって畑の土と暗闇の区別が出来なくなると、その日の仕事はおしまいである。畑からの帰り道で誰かと出会うと、「おしまいなして」が挨拶の言葉となる。

実際には、私が子どもの頃には、昼十二時と夕方五時、村の役場でサイレンが鳴る。午前と午後、昼と夜の切り替えの合図であった。このサイレンで、時刻や時間を意識するようになっていった。

積み上げに危うさのあり春の書架

書架とは、書物を並べ置く棚である。積み上げられているのは何だろうか。書物を並べ置く棚に積み上げられているのは、まず、書物、本だと思う。その積み上げに危うさがある。三冊四冊ではないもっとたくさんである。

そして、この本の積み上げということで、学問の積み上げを思うのである。たくさんの書架が並んでいるところは図書館である。春四月、大学の図書館へ行くと、新入生でいっぱいである。まだ、自学自習の態勢になっていない。そんな学生を見ていると、どことなく危うさを感じてしまう。

この句に言うところの危うさは、学問の積み上げという点での危うさである。

ふるさとの土すこやかや月鈴子

月鈴子とは鈴虫のこと。りーんりーんと綺麗な声で鳴く。月が綺麗な夜に草むらを覗いてみると、まるで月から地上にこぼれ落ちて来て鳴いているかのようである。

この一句は、ある俳句大会で五千七百句ほどの中から第二席に選ばれている。人間の住む環境も鈴虫の環境も破壊が進んでいる。人為的な破壊か、自然による災害か、その原因はいろいろと考えられるが、手をこまねいているうちに環境破壊は進んでいく。

あとがき

第七十二代横綱稀勢の里の明治神宮奉納土俵入り（二〇一七・一・二七）を詠んだ私の短歌

沈む身をぐいと起して横綱の純白の綱迫り上げにけり

は、平成二十九年四月にある短歌コンクールで選者賞をいただいた。

稀勢の里は、十九年ぶりの日本出身横綱である。その土俵入りである。そのあと、八場所連続休場ということになる。そして、平成三十年九月、進退をかけて出場し、見事二桁勝利した。

しかし、成績不振から翌平成三十一年一月場所で引退する。やはり、けががらの再起は難しかったのかもしれない。

土俵入りで身を沈めるのは、けがや病気で身が沈んでいるわけではない。自ら身を沈め、せり上がる力をため込んでいるのである。

私は、これまでに私家版で三冊の句歌集を出している。本書の句は、これらの句歌集から採ったものを中心にした。エッセーについては、「只今の心」「拾う神」は書き下ろし、それ以外は『船団』に掲載されたものである。

本書の出版にあたり、いろいろとご指導いただきました坪内稔典先生、また、創風社出版の大早ご夫婦に感謝いたします。

著者略歴

太田 正己（おおた まさみ）

1953年　三重県生まれ

1973年頃〜短歌、俳句の創作を始める。以後、新聞の歌壇、俳壇への投稿で腕を磨く。

1990年頃から2008年頃　年間数句、数首の創作。

1993年　「よみうり俳壇」選者坪内稔典先生に投稿者として出会う。

2014年　「船団の会」入会

2017年　各地で行われている短歌コンクールや俳句コンクールに挑戦し始める。

＜短歌＞

第32回 蒲郡俊成短歌大会・選者賞（2017）

第20回 隠岐後鳥羽院短歌大賞・特選（2019）

＜俳句＞

第21回 さくらのうた（俳句部門）・さくら賞（2018）

第21回 長塚節文学賞（俳句部門）・優秀賞（2019）等、入賞多数

俳句とエッセー　日毎の春

2019年8月8日発行　定価＊本体1400円＋税

著　者　太田　正己

発行者　大早　友章

発行所　創風社出版

〒791-8068 愛媛県松山市みどりヶ丘9－8

TEL.089-953-3153 FAX.089-953-3103

振替 01630-7-14660 http://www.soufusha.jp/

印刷　㈱松栄印刷所　製本　㈱永木製本

 ISBN 978-4-86037-278-1